CANTIQUES

A L'USAGE DES FRANÇAIS

DES

ÉTATS - UNIS

1858

LILLE. TYP. L. LEFORT. 1858.

A

Monseigneur **RAPPE**

HOMMAGE

DE FILIAL RESPECT ET DE VIVE RECONNAISSANC

L'abbé **D'ARCY**, curé de Louisvill

STARK COUNTY

(Ohio).

CANTIQUES

A L'USAGE DES FRANÇAIS

DES ÉTATS-UNIS

Le Salut

1 Travaillez à votre salut
Quand on le veut, il est facile;
Chrétiens, n'ayez point d'autre but,
Sans lui tout devient inutile.

CHOEUR.

Sans le salut (*bis*), pensez-y bien,
Tout ne vous servira de rien (*bis*).

2 Oh! que l'on perd en le perdant!
On perd le céleste héritage;
Au lieu d'un bonheur si charmant,
On a l'enfer pour son partage (*bis*).

3 Que sert de gagner l'univers,
Dit Jésus, si l'on perd son âme,
Et s'il faut au fond des enfers
Brûler dans l'éternelle flamme? (*bis*)

4 Rien n'est digne d'empressement
Si ce n'est la vie éternelle,
Tout le reste est amusement,
Tout n'est que pure bagatelle. (*bis*)

5 C'est pour toute une éternité
Qu'on est heureux ou misérable :
Que devant cette vérité
Tout ce qui passe est méprisable (*bis*).

6 Grand Dieu, que tant que nous vivrons
Cette vérité nous pénètre !
Ah! faites que nous nous sauvions
A quelque prix que ce puisse être.

Adieux aux plaisirs du monde

1 Faux plaisirs, vains honneurs, biens frivoles,
Aujourd'hui recevez nos adieux ;
Trop longtemps vous fûtes nos idoles.
Trop longtemps vous charmâtes nos yeux.

REFRAIN.

Faux plaisirs, vains honneurs, biens frivoles,
Aujourd'hui recevez nos adieux.

2 Loin de nous la fatale espérance
De trouver en vous notre bonheur ;
Avec vous heureux en apparence,
Nous portons le ehagrin dans le cœur.

Faux, etc.

3 Enivrés des douceurs ineffables,
On jouit de la Divinité ;
On bénit ses bontés adorables,
On partage sa félicité.
Faux, etc.

4 Transportés d'une divine flamme,
Plus on aime et plus on veut aimer;
On contemple, on admire, on se pâme,
On se plaît à se voir consumer.
Faux, etc.

5 Beau séjour des clartés immortelles,
Montrez-vous, contentez nos souhaits :
Ici-bas nos peines sont réelles,
Les plaisirs n'ont que de vains attraits.
Faux, etc.

Effets de la mort

1 A la mort, à la mort,
Pécheur tout finira ;
Le Seigneur, à la mort,
Te jugera.

2 Il faut mourir, il faut mourir ;
De ce monde il nous faut sortir ;
Le triste arrêt en est porté,
Il faut qu'il soit exécuté.
A la mort, etc.

3 Comme une fleur qui se flétrit,
Ainsi bientôt l'homme périt ;
L'affreuse mort vient de ses jours,
Dans peu de temps finir le cours.
A la mort, etc.

4 Pécheurs, approchez du cercueil,
Venez confondre votre orgueil :
Là, tout ce qu'on estime tant
Est enfin réduit au néant.
A la mort, etc.

5 O vous qui suivez vos désirs,
Qui vous plongez dans les plaisirs,
Pour vous quel affreux changement
La mort va faire en ce moment !
A la mort, etc.

6 Adieu, famille, adieu, parents,
Adieu, chers amis, chers enfants :
Votre cœur se désolera ;
Mais enfin tout vous quittera.
A la mort, etc.

7 S'il fallait subir votre arrêt,
Chrétiens, qui de vous serait prêt
Combien dont le funeste sort
Serait une éternelle mort !
A la mort, etc.

Retour à Dieu

1 Reviens, pécheur, à ton Dieu qui t'appelle;
Viens au plus tôt te ranger sous sa loi :
Tu n'as été déjà que trop rebelle;
Reviens à lui puisqu'il revient à toi (*bis*).

2 Voici, Seigneur, cette brebis errante
Que vous daignez chercher depuis longtemps;
Touché, confus d'une si longue attente,
Sans plus tarder je reviens, je me rends (*bis*).

3 Pour t'attirer ma voix se fait entendre;
Sans me lasser partout je te poursuis :
D'un Dieu pour toi, du père le plus tendre,
J'ai les bontés, ingrat, et tu me fuis ! (*bis*).

4 Errant, perdu, je cherchais un asile;
Je m'efforçais de vivre sans effroi;
Hélas ! Seigneur, pouvais-je être tranquille
Si loin de vous, et vous si loin de moi (*bis*)!

5 Attraits. frayeurs, remords, secret langage,
Qu'ai-je oublié dans mon amour constant?
Ai-je pour toi dû faire davantage?
Ai-je pour toi dû même faire autant (*bis*)?

6 Je me repens de ma faute passée;
Contre le ciel, contre vous j'ai péché;
Mais oubliez ma conduite insensée,
Et ne voyez en moi qu'un cœur touché (*bis*).

7 Ta courte vie est un songe qui passe,

Et de ta mort le jour est incertain ;
Si j'ai promis de te donner ma grâce,
T'ai-je jamais promis le lendemain (*bis*)?

Jugement dernier

1 Dieu va déployer sa puissance ;
Le temps comme un songe s'enfuit.
Les siècles sont passés, l'éternité commence,
Le monde va rentrer dans l'horreur de la nuit.
Dieu, etc.

2 J'entends la trompette effrayante ;
Quel bruit ! quels lugubres éclairs !
Le Seigneur a lancé sa foudre étincelante,
Et ses feux dévorants embrasent l'univers.
J'entends, etc.

3 Les monts foudroyés se renversent,
Les êtres sont tous confondus :
La mer ouvre son sein, les ondes se dispersent;
Tout est dans le chaos, et le monde n'est plus.
Les monts, etc.

4 Sortez des tombeaux, ô poussière !
Dépouilles des pâles humains ;
Le Seigneur vous appelle, il vous rend la lumière ;
Il va sonder les cœurs et fixer les destins.
Sortez, etc.

5 Il vient, tout est dans le silence;
Sa croix porte au loin la terreur :
Le pécheur, consterné, frémit en sa présence,
Et le juste lui-même est saisi de frayeur.
Il vient, etc.

6 Assis sur un trône de gloire,
Il dit : Venez, ô mes élus !
Comme moi vous avez remporté la victoire ;
Recevez de mes mains le prix de vos vertus.
Assis, etc.

7 Tombez dans le sein des abîmes,
Tombez, pécheurs audacieux ;
De mon juste courroux, immortelles victimes,
Vils suppôts des démons, vous brûlerez comme eux
Tombez, etc.

8 Triste éternité de supplices,
Tu vas donc commencer ton cours ?
De l'heureuse Sion, ineffables délices,
Bonheur, gloire des saints, vous durerez toujours.
Triste, etc.

Regrets du pécheur

1 Mon Dieu, mon cœur, touché
D'avoir péché
Demande grace ;
Couronne tes bienfaits,

Pardonne mes forfaits ;
Je ne veux plus, Seigneur, encourir ta disgrace.

REFRAIN.

2 Pardon, mon Dieu, pardon,
Mon Dieu, pardon,
Mon Dieu, pardon :
N'es-tu pas un Dieu bon ?
Mon Dieu, pardon,
N'es-tu pas un Dieu bon?

3 Hélas ! le triste cours
Des plus beaux jours
De ma jeunesse
N'est qu'un tissu d'horreurs,
De crimes, de malheurs ;
Ah ! bien loin de l'aimer, je l'outrageais sans cesse.
Pardon, etc.

4 Sous mes pieds les enfers
Sont entr'ouverts
Par ta vengeance :
En un instant la mort
Pourrait fixer mon sort ;
J'implore ta pitié, j'invoque ta clémence.
Pardon, etc.

5 Je tombe à tes genoux
Suspends tes coups,
O Dieu terrible !
Vois le sang de ton Fils,
Daigne entendre ses cris ;

Aux vœux qu'il faits pour nous ne sois pas insensible.
Pardon, etc.

6 Ah! puisse désormais,
Et pour jamais,
Mon cœur fidèle
N'aimer que le Seigneur,
L'aimer avec ardeur!
Puisse-t-il mériter la couronne immortelle!
Pardon, etc.

Aveux d'un réprouvé

1 Tremblez, habitants de la terre,
Tremblez, les enfers vont s'ouvrir.
Le ciel dans son courroux fait gronder le tonnerre,
Heureux qui sait prévoir l'effroyable avenir.
Tremblez, etc.

2 Mon cœur aveuglé par le crime,
Se jouait de l'éternité;
Mais, ô fatale erreur! dans un affreux abîme
Au moment du trépas je fus précipité.
Mon cœur, etc.

3 Venez, trop aveugle jeunesse,
Venez vous instruire aux tombeaux:
Vous connaîtrez enfin le prix de la sagesse
Lorsque vous entendrez le récit de mes maux.
Venez, etc.

4 Dans cet océan de souffrances,
Comment raconter mes malheurs ?
Percé par mille traits des célestes vengeances,
Victime de l'enfer, en proie à ses horreurs.
Dans cet océan, etc.

5 Du sein de ce lieu de ténèbres
S'élève une noire vapeur;
Les abîmes, couverts de ces voiles funèbres,
Ne sont plus qu'un séjour d'épouvante et d'horreur.
Du sein, etc.

6 Adieu, paradis de délices !
Beau ciel ! ô cité des élus !
J'étais créé par vous, et d'éternels supplices
Sont devenus ma part : je suis mort sans vertus.
Adieu, etc.

Regrets amers du pécheur

1 Hélas! quelle douleur
Remplit mon cœur,
Fait couler mes larmes !
Hélas ! quelle douleur
Remplit mon cœur
De crainte et d'horreur !

2 Autrefois
Seigneur, sans alarmes,
De tes lois

Je goûtais les charmes;
Hélas! vœux superflus,
Beaux jours perdus,
Vous ne serez plus!

3 La mort déjà me suit;
O triste nuit,
Déjà je succombe!
La mort déjà me suit;
Le monde fuit;
Tout s'évanouit.

4 Je la vois
Entr'ouvrant ma tombe
Et sa voix
M'appelle, et j'y tombe,
O mort, cruelle mort!
Si jeune encor!...
Quel funeste sort!

5 Frémis, ingrat pécheur;
Un Dieu vengeur,
D'un regard sévère,
Frémis ingrat pécheur,
Un Dieu vengeur
Va sonder ton cœur.

6 Malheureux
Entend son tonnerre;
Si tu peux
Soutiens sa colère.
Frémis, seul aujourd'hui,
Sans nul appui,

Parais devant lui.

7 Grand Dieu ! quel jour affreux
Luit à mes yeux !
Quel horrible abîme !
Grand Dieu ! quel jour affreux
Luit à mes yeux !
Quels lugubres feux !

8 Oui, l'enfer
Vengeur de mon crime,
Est ouvert
Attend sa victime.
Grand Dieu ! quel avenir !
Pleurer, gémir,
Toujours te haïr.

9 Beau ciel, je t'ai perdu,
Je t'ai vendu
Pour de vains caprices ;
Beau ciel, je t'ai perdu,
Je t'ai vendu,
Regret superflu !

10 Loin de toi
Toutes les délices
Sont pour moi
De nouveaux supplices ;
Beau ciel, toi que j'aimais,
Qui me charmais,
Ne te voir jamais !....

11 O vous, amis pieux,

Toujours joyeux
Et pleins d'espérance!
O vous, amis pieux,
Toujours joyeux!
Moi seul malheureux!

12 J'ai voulu
Sortir de l'enfance;
J'ai perdu
L'aimable innocence.
O vous, du Ciel un jour
Heureuse cour!
Adieu sans retour.

13 Non, non, c'est une erreur,
Dans mon malheur,
Hélas! je m'oublie:
Non, non, c'est une erreur,
Dans mon malheur
Je trouve un Sauveur.

14 Il m'attend,
Me réconcilie;
Dans son sang
Je reprends la vie.
Non, non, je l'aime encore;
Et le remord
A changé mon sort.

15 Jésus, Manne des cieux,
Pain des heureux,
Mon cœur te réclame.
Jésus, Manne des cieux,

Pain des heureux,
Viens combler mes vœux.

16 Désormais
Ta divine flamme
Pour jamais
Embrase mon âme.
Jésus, ô mon Sauveur!
Fais de mon cœur
L'éternel bonheur.

Avant la première communion

1 Quel doux penser me transporte et m'enflamme,
O mon Jésus, c'est vous que j'aperçois;
Trois jours encore, et je vais dans mon âme
Vous posséder (*bis*) pour la première fois (*bis*)

CHOEUR.

Quoi! dans trois jours vous viendrez dans mon âme,
La visiter pour la première fois (*ter*)!

2 Ah! bienheureux le cœur tendre et fidèle!....
Il s'en faut bien Seigneur que je le sois!
Et je pourrais, moi pécheur, moi rebelle,
M'unir à vous pour la première fois (*bis*)!!!

Quoi, etc.

3 Longtemps, hélas! le monde fut mon maître;
Et cet empire il le dut à mon choix

Plein de remords, oserai-je paraître
Devant mon Dieu pour la première fois (*bis*)?

Quoi, etc.

4 Mais qu'ai-je dit?... sa bonté m'encourage :
De mes péchés je ne sens plus le poids.
Ah ! dans trois jours achevez votre ouvrage,
Venez à moi pour la première fois (*bis*).

Quoi, etc.

5 Agneau sans tache immolé pour le monde
Vous le sauvez en mourant sur la croix.
C'est sur vous seul que mon espoir se fonde ;
Venez à moi pour la première fois (*bis*).

Quoi, etc.

JOUR DE LA COMMUNION

6 O saint autel qu'environnent les anges,
Qu'avec transport aujourd'hui je te vois !
Ici, mon Dieu, l'objet de mes louanges
M'offre son cœur pour la première fois (*bis*).

CHOEUR

Quoi ! dans ce jour vous venez dans mon âme
La visiter pour la première fois (*ter*).
7 O mon Sauveur, mon trésor et ma vie,
Epoux divin dont mon cœur a fait choix,
Venez bientôt couronner mon envie,
Venez à moi pour la première fois (*bis*).

Quoi, etc.

8 O saint transport d'allégresse!
Déjà mon cœur s'unit au Roi des rois ;
Il est à moi le Dieu de la jeunesse,
Je suis à lui pour la première fois (*bis*).

Quoi, etc.

9 O jour heureux, jour céleste et propice!
A vous bénir je consacre ma voix ;
Le Dieu vivant s'immole en sacrifice
Et me nourrit pour la première fois (*bis*).

Quoi, etc.

10 Embrasez-moi, Dieu d'amour et de gloire,
Du feu sacré de vos plus saintes lois,
Et pour toujours gravez dans ma mémoire
Ce que je fais pour la première fois (*bis*).

Quoi, etc.

Désir de la communion

I

1 Mon bon Jésus, mon âme vous désire,
Du fond de mon cœur après vous je soupire.

REFRAIN

O mon bon Jésus! ô mon cher amour!
Règnez dans mon cœur la nuit et le jour.

2 O divin Jésus, époux des chastes âmes,
Embrasez nos cœurs de vos divines flammes.

O mon, etc.

3 Bienheureux martyrs, que je vous porte envie!
D'avoir pour Jésus immolé votre vie.

O mon, etc.

4 Quand s'accomplira le bonheur où j'aspire
De pouvoir souffrir pour mon Dieu le martyre.

O mon, etc.

5 Si je n'atteins pas à ce bonheur extrême,
Pour le moins, Seigneur, que je meure à moi-même

O mon, etc.

6 Car mourir à soi c'est commencer à vivre
Et le vrai moyen, mon Jésus, de vous suivre.

O mon, etc.

7 Quand viendra le jour, qu'accompagnés des anges,
Nous vous donnerons mille et mille louanges!

O mon, etc.

8 Aimons tous Jésus, et que chacun s'écrie :
Vivent à jamais et Jésus et Marie!

O mon, etc.

II

9 Tu vas remplir le vœu de ma tendresse,

Divin Jésus, tu vas me rendre heureux;
O saint amour, délicieuse ivresse!
Dans ce moment mon âme est tout en feux (*bis*).

10 Ne tarde plus, mon adorable Père,
Ne tarde plus à venir dans mon cœur.
Rien sans Jésus ne peut le satisfaire,
Tout autre objet est pour lui sans douceur.

11 Divin Epoux, tu descends dans mon âme,
C'est aujourd'hui le plus beau de mes jours.
Que tout en moi se ranime et m'enflamme :
Divin Epoux je t'aimerai toujours (*bis*).

12 Il est en moi ce Dieu si plein de charmes,
Mon bien-aimé, mon aimable Sauveur;
Echappez-vous de mes yeux, douces larmes,
Coulez, coulez, annoncez mon bonheur (*bis*).

13 Que ce bonheur est grand, incomparable!
Du saint amour je ressens les langueurs :
De ce beau feu, si pur, si désirable,
Ah! qu'à jamais je goûte les douceurs (*bis*)!

Aspiration envers Jésus-Christ

1 Mon bien-aimé ne parait pas encore;
Trop longue nuit dureras-tu toujours?
Tardive aurore,
Hâte ton cours,
Rends-moi Jésus, ma joie et mes amours :

Mon doux Jésus, que seul j'aime et j'implore.

2 De ton fambeau déjà les étincelles,
Astre du jour raniment mes désirs;
Tu renouvelles
Tous mes soupirs:
Servez mes vœux, avancez mes plaisirs,
Anges du ciel, portez-moi sur vos ailes.

3 Je t'aperçois, asile redoutable
Où l'Éternel descend dans sa grandeur,
Temple adorable
Du Rédempteur;
Si dans tes murs il voile sa splendeur,
Ce Dieu d'amour n'en est que plus aimable.

4 Sans nul éclat, le grand Dieu va paraître;
De cet autel il vient s'unir à moi.
Est-ce mon maître?
Est-ce mon roi?
Laissez, mes yeux, laissez agir ma foi:
Un œil chrétien ne peut le méconnaître.

Après la Communion

I

1 Un encens pur embaume cet asile;
Quel doux concert! quel chant mélodieux!
Mon cœur se tait, et mon âme est tranquille!
La paix du ciel habite dans ces lieux.

REFRAIN

O pain de vie!
O mon Sauveur!
L'ame ravie
Trouve en vous son bonheur (*bis*).

2 Pour embellir le temple de mon âme,
Le Très-Haut daigne y fixer son séjour.
Je le possède, il m'inspire, il m'enflamme,
Je l'ai trouvé, je l'aime sans retour.

O pain, etc.

3 Je vous adore au-dedans de moi-même,
Je vous contemple à l'ombre de la foi;
O Dieu, mon tout! ô Majesté suprême!
Je ne vis plus, mais Jésus vit en moi.

O pain, etc.

Que vous rendrai-je, ô Sauveur plein de charmes
Pour tous les dons que j'ai reçus de vous?
Prenez ce cœur et recueillez mes larmes:
Double tribut dont vous êtes jaloux.

O pain, etc.

Je l'ai juré, je vous serai fidèle,
Je vous promets un immortel amour,
Tant qu'à la nuit une aurore nouvelle
Succèdera pour ramener le jour!

O pain, etc.

Ah! que ma langue immobile et glacée

En ce moment s'attache à mon palais,
Si de mon cœur s'efface la pensée
De votre amour comme de vos bienfai

O pain, etc.

II

1 Qu'ils sont aimés, grand Dieu tes tabe
Qu'ils sont aimés et chéris de mon cœu
Là tu te plais à rendre tes oracles,
La foi triomphe, et l'amour est vainqu

REFRAIN

Chantons, chantons
Ah! quel beau jour,
Chantons, chantons
Ah! quel beau jour.
Dieu se donne à sa créature
Pour lui servir de nourriture.
Admirons cet excès d'amour,
Et répétons : Ah! quel beau jo

2 Qu'il est heureux celui qui te centem
Et qui soupire aux pieds de tes autels
Un seul moment qu'on passe dans son
Vaut mieux qu'un siècle au palais des

Chantons, etc.

3 Je nage au sein des plus pures délices
Le Ciel entier, le Ciel est dans mon c
Dieu de bonté, de faibles sacrifices
Méritaient-ils cet excès de bonheur!

Chantons, etc.

4 Autour de moi les anges en silence
D'un Dieu caché contemplent la splendeur;
Anéantis en sa sainte présence,
O chérubins, enviez mon bonheur!

Chantons, etc.

5 En souverain, règne, commande, immole;
Règne surtout par le droit de l'amour.
Adieu plaisirs; adieu monde frivole;
A Jésus seul j'appartiens sans retour.

Chantons, etc.

Engagement d'être fidèle à Dieu

1 Mon cœur, en ce jour solennel,
Il faut enfin choisir un maître;
Balancer serait criminel,
Quand Dieu seul est digne de l'être.

REFRAIN

C'en est donc fait, ô Dieu sauveur, } (*bis*)
A vous seul je donne mon cœur.

2 A qui doit-il appartenir,
Ce cœur qui vous doit l'existence,
Que vous avez daigné nourrir
De votre immortelle substance.

C'en est donc, etc.

3 A chercher la félicité
Hélas! en vain je me consume ;
Loin de vous tout est vanité,
Déplaisir, tristesse, amertume.
C'en est, etc.

4 Vous seul pouvez me rendre heureux ;
Je le sens, oui, votre présence
A pleinement comblé mes vœux
Et fixé ma longue inconstance.
C'en est, etc.

5 Que sont tous les biens d'ici-bas ?
Qu'ils ont peu de valeur réelle !
Tous ensemble ils ne peuvent pas
Satisfaire une âme immortelle.
C'en est, etc.

6 Que puis-je désirer de plus ?
Je possède mon Dieu lui-même.
Ah! tous les biens sont superflus
Quand on jouit du bien suprême.
C'en est, etc.

7 Vous m'avez dit avec douceur :
Mon enfant, prend mon joug aimable,
Quand on le porte avec ardeur :
Il est léger, doux, agréable.
C'en est, etc.

Actions de grâce

Bénissons à jamais } *(bis)*
Le Seigneur dans ses bienfaits. }

Bénissez-le, saints anges,
Louez sa majesté ;
Rendez à sa bonté
Mille et mille louanges

Bénissons, etc.

O que c'est un bon père,
Qu'il a grand soin de nous !
Il nous supporte tous
Malgré notre misère.

Bénissons, etc.

Comme un pasteur fidèle,
Sans craindre le travail,
Il ramène au bercail
Une brebis rebelle.

Bénissons, etc.

Il a guéri mon âme,
Comme un bon médecin ;
Comme un maître divin,
Il m'éclaire et m'enflamme.

Bénissons, etc.

Que tout loue en ma place
Un Dieu si plein d'amour,

Qui me fait chaque jour
Une nouvelle grâce.

Bénissons, etc.

6 Sa bonté me supporte,
Sa lumière m'instruit,
Sa beauté me ravit,
Son amour me transporte.

Bénissons, etc.

7 Dieu seul est ma tendresse,
Dieu seul est mon soutien,
Dieu seul est tout mon bien,
Ma vie et ma richesse.

Bénissons, etc.

Rénovation des vœux du baptême

1 J'engageai ma promesse au Baptême,
Mais pour moi d'autres firent serment.
Dans ce jour je vais parler moi-même,
Je m'engage aujourd'hui librement.

Je m'engage, etc.

2 Je crois donc en un seul Dieu trois personnes,
De mon sang je signerais ma foi :
Faible esprit, vainement tu raisonnes ;
Je m'engage à le croire, et je crois.

Je m'engage, etc.

3 A la foi de ce premier mystère
Je joindrai la foi d'un Dieu Sauveur ;
Sous les lois de l'Eglise ma mère,
Je m'engage et d'esprit et de cœur.

Je m'engage, etc.

4 Sur les fonts, dans cette eau salutaire,
Pour enfant Dieu daigna m'adopter;
Si j'en ai souillé le caractère,
Je m'engage à le mieux respecter.

Je m'engage, etc.

5 Je renonce aux pompes de monde,
A la chair, à tous ses vains attraits :
Loin de moi, Satan, esprit immonde,
Je m'engage à te fuir pour jamais.

Je m'engage, etc.

6 Oui, mon Dieu, votre seul Evangile
Règlera mon esprit et mes mœurs :
Dussiez-vous en gémir, chair fragile,
Je m'engage à toutes ses rigueurs.

Je m'engage, etc.

7 Sur vos pas, ô mon divin modèle,
Plus heureux qu'à la suite des rois,
Plein d'horreur pour ce monde infidèle
Je m'engage à porter votre croix.

Je m'engage, etc.

Avant la Confirmation

Quel feu s'allume dans mon cœur?
Quel Dieu vient habiter mon âme?
A son aspect consolateur
Et je m'éclaire et je m'enflamme.
Je t'adore, Esprit créateur.

REFRAIN.

Paradis de lumière (*bis*),
Et viens renouveler la face de la terre.

2 Je vois mille ennemis divers
Conjurer ma perte éternelle ;
J'entends tous leurs complots pervers;
Dieu, romps leur trame criminelle :
Qu'ils retombent dans les enfers.

Paradis, etc.

3 Quels sont ces profanes accents,
Ces ris et ces pompeuses fêtes ?
De Baal ce sont les enfants :
De fleurs ils couronnent leurs têtes
Que va frapper la faux du temps.

Paradis, etc.

4 Quoi ! pour un moment de plaisir,
Mon Dieu, j'oublierais ta loi sainte !
Dans l'égarement du désir
Je pourrais vivre sans ta crainte !

Non, mon Dieu, non, plutôt mourir.
Paradis, etc.

5 Si, quelques moments, égaré,
Je te fuyais, beauté divine,
Allume en mon cœur déchiré,
Allume une guerre intestine;
De remords qu'il soit dévoré.
Paradis, etc.

6 Ah! plutôt règne, Dieu d'amour,
Sur ce cœur devenu ton temple;
Que je t'honore dès ce jour;
Que mon œil charmé te contemple
Dans l'éclat du divin séjour.
Paradis, etc.

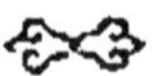

Après la Confirmation

Quelle nouvelle et sainte ardeur
En ce jour transporte mon âme,
Je sens que l'Esprit créateur
De son feu tout divin m'enflamme.

CHOEUR.

ve Jésus, je crois, je suis chrétien;
Censeurs, je vous méprise;
ncez vos traits, lancez, je ne crains rien;
Mon bras vainqueur les brise (*bis*).

2 Il faut dans un noble combat,
Pour vous, Seigneur, que je m'engage;
Vous m'avez fait votre soldat,
Vous m'en donnerez le courage.

Vive, etc.

3 Du salut, le signe sacré
Arme mon front pour ma défense;
Devant lui l'enfer conjuré
Perdra sa funeste puissance.

Vive, etc.

4 Seigneur, à vos aimables lois
Le grand nombre serait rebelle,
Que mon cœur constant dans son choix,
Y serait encor plus fidèle.

Vive, etc.

5 Le mépris d'un monde insensé
Pourrait-il m'alarmer encore?
Loin de m'en trouver offensé,
Je sens aujourd'hui qu'il m'honore.

Vive, etc.

6 Grand Dieu, je consens à mourir :
A la mort fallût-il s'offrir,
Ou perdre, hélas! mon innocence,
Ne souffrez pas que je balance.

Vive, etc.

Pour terminer un jour de fête

1 Jour heureux, jour de vrai plaisir
Pour une âme innocente et pure,
Jour heureux, jour de vrai plaisir,
Faut-il te voir sitôt finir.
Pour une âme innocente et pure,

Jour heureux, jour de vrai plaisir
Faut-il te voir finir? (4 *fois*)

2 Biens, gloire, beauté frivole,
Adieu donc, et pour jamais;
Vers Dieu, mon âme s'envole,
Il me comble de bienfaits.

Jour heureux, etc.

3 Toujours, céleste patrie,
Mon cœur soupire pour toi;
Tu contiens ce que j'envie,
Mon Dieu, mon Père et mon Roi.

Jour heureux, etc.

4 Sous tes auspices, Marie,
Nous terminons ce beau jour;
Dans la céleste patrie
Réunis-nous pour toujours.

Jour heureux, etc.

Serment à Marie

1 Jurons à la Mère d'amour,
Jurons tous en ce jour
De l'aimer, l'aimer sans retour.

2 Puisse à jamais notre tendresse,
De son cœur nous gagner l'amour !
Dans la vive ardeur qui nous presse,
Répétons la promesse
De l'aimer, l'aimer sans retour.

Jurons, etc.

3 Nous consacrons, ô Marie, à vous plaire
Nos derniers jours comme nos jeunes ans ;
Toujours, toujours vous serez notre mère,
Toujours nous serons vos enfants.

Jurons, etc.

4 Mais ces serments, mon cœur volage
Ira-t-il un jour les trahir ?
Ferai-je à mon cœur cet outrage ?
Pour jamais je m'engage :
Non, non ; plutôt, plutôt mourir !

Jurons, etc.

5 Heureux l'enfant à ses serments fidèle
Qui pour jamais lui gardera son cœur ?
Elle, à son tour, reconnaissant son zèle,
Du ciel lui promet le bonheur.

Jurons, etc.

6 Enfants d'une mère chérie,
Affrontez l'enfer sans pâlir :
Que peut contre vous sa furie
Un enfant de Marie
Jamais, jamais ne peut périr !

Jurons, etc.

7 Gage assuré de succès et de gloire,
Vous les portez ces brillantes couleurs ;
Ce saint habit vous promet la victoire ;
Toujours il vous rendra vainqueurs.

Jurons, etc.

Lille. Typ. L. Lef. 1858.

www.ingramcontent.com/pod-product-compliance
Ingram Content Group UK Ltd.
Pitfield, Milton Keynes, MK11 3LW, UK
UKHW020458230726
13925UKWH00005B/2014

9 782014 044669